घृणा संबध

टाई-अप ट्रैप

सुमीत कुमार

सुमीत कुमार

सुमीत कुमार, एक वयस्क जो जीवन के कई चरणों का अनुभव करता है, एक प्रसिद्ध लेखक और नए युग के लेखक हैं। वास्तव में वह एक लेखक होने के साथ-साथ गायक, कवि, शायर, उद्धरण लेखक, गीत लेखक और एक कलाकार भी हैं। एंकर या स्टैंडअप कॉमेडियन। उनके बारे में बहुत ही रोचक और दिलचस्प तथ्य यह है कि वे नए युग के लेखक हैं यानी उन्होंने अपने लेखन की यात्रा उस उम्र में शुरू की जब वह अध्ययन करने के लिए स्कूलों जा रहे थे। उनकी 100 पुस्तकों की स्ट्रीक महान होगी भविष्य में उनके लिए उपलब्धि, उनकी कुछ प्रसिद्ध रचनाएँ यानी प्रेम की परिपक्वता (शैली _प्रेम) स्वप्न की

गोपनीयता (शैली-मध्य वर्ग की जीवन शैली)।

आप नोटियन प्रेस, अबे बुक्स, इम्युजिक इन, फ्लिपकार्ट, एमेज़ॉन, किंडल, इंस्टेंट रीड लाइक ईबुक, किंडल, गूगल, इंटरनेशनल साइट्स और कई अन्य से भी उनकी किताब खरीद सकते हैं।

स्पॉटिफ़ पर पॉडकास्ट: @ ब्रोकन हार्ट

इंस्टा आईडी: बुकहब92

जीमेल: सुमितकुमार 88234

लिंक्डइन: सुमीत कुमार

क्रम-सूची

प्रस्तावना   vii

भूमिका   ix

पावती (स्वीकृति)   xi

1. रात का नरक   1

2. वांछनीय लड़ाई   7

3. मुझे गलत या सही बताओ   14

4. अभिजात वर्ग के मृत   19

5. बातचीत भाग 2   22

लड़ाई का अंतिम युग   27

संस्करण: 1   29

प्रस्तावना

रिश्ते जब सच्चे ना हो तो उम्मेद की रिवायत भी उस वक्त खुद की महफिल से अलग कर दें,क्योंकी वक्त के साथ उसके दर्द की हर एक रिवायत जहां में आकार सिरफ जहर की तालाब घोलती है,और अगर वो जहां में थोड़ी भी बढ़ गई ना तो जिंदगी जीते जी कबर बन जाती है,और हर कोई कबील नहीं बन पाता उस कबर के लिए क्योंकि दर्द की रिवायत मामुली बिलकुल नहीं होती।

मैंने जहां तक अपने रिश्ते देखे हैं वो कभी सच थे ही नहीं न ही उनकी रिवायत मेरी महफिल में कभी सच्ची थी,सोचा था की काश हर कुछ ठीक कर पाउण प्रति आज तक ना वो घाव भरे है और ना ही उसे दावा की गई है....

भूमिका

सुमीत कुमार

सुमीत कुमार, एक वयस्क जो जीवन के कई चरणों का अनुभव करता है, एक प्रसिद्ध लेखक और नए युग के लेखक हैं। वास्तव में वह एक लेखक होने के साथ-साथ गायक, कवि, शायर, उद्धरण लेखक, गीत लेखक और एक कलाकार भी हैं। एंकर या स्टैंडअप कॉमेडियन। उनके बारे में बहुत ही रोचक और दिलचस्प तथ्य यह है कि वे नए युग के लेखक हैं यानी उन्होंने अपने लेखन की यात्रा उस उम्र में शुरू की जब वह अध्ययन करने के लिए स्कूलों जा रहे थे। उनकी 100 पुस्तकों की स्ट्रीक महान होगी भविष्य में उनके लिए उपलब्धि, उनकी कुछ प्रसिद्ध रचनाएँ यानी प्रेम की परिपक्वता (शैली _प्रेम) स्वप्न की गोपनीयता

(शैली-मध्य वर्ग की जीवन शैली)।

आप नोटियन प्रेस, अबे बुक्स, इम्युजिक इन, फ्लिपकार्ट, एमेजॉन, किंडल, इंस्टेंट रीड लाइक ईबुक, किंडल, गूगल, इंटरनेशनल साइट्स और कई अन्य से भी उनकी किताब खरीद सकते हैं।

स्पॉटिफ़ पर पॉडकास्ट: @ ब्रोकन हार्ट

इंस्टा आईडी: बुकहब92

जीमेल: सुमितकुमार 88234

लिंक्डइन: सुमीत कुमार

पावती (स्वीकृति)

सुमीत कुमार

सुमीत कुमार, एक वयस्क जो जीवन के कई चरणों का अनुभव करता है, एक प्रसिद्ध लेखक और नए युग के लेखक हैं। वास्तव में वह एक लेखक होने के साथ-साथ गायक, कवि, शायर, उद्धरण लेखक, गीत लेखक और एक कलाकार भी हैं। एंकर या स्टैंडअप कॉमेडियन। उनके बारे में बहुत ही रोचक और दिलचस्प तथ्य यह है कि वे नए युग के लेखक हैं यानी उन्होंने अपने लेखन की यात्रा उस उम्र में शुरू की जब वह अध्ययन करने के लिए स्कूलों जा रहे थे। उनकी 100 पुस्तकों की स्ट्रीक महान होगी भविष्य में उनके लिए उपलब्धि, उनकी कुछ प्रसिद्ध रचनाएँ यानी प्रेम की परिपक्वता (शैली _प्रेम) स्वप्न की गोपनीयता

(शैली-मध्य वर्ग की जीवन शैली)।

आप नोटियन प्रेस, अबे बुक्स, इम्युजिक इन, फ्लिपकार्ट, एमेजॉन, किंडल, इंस्टेंट रीड लाइक ईबुक, किंडल, गूगल, इंटरनेशनल साइट्स और कई अन्य से भी उनकी किताब खरीद सकते हैं।

स्पॉटिफ़ पर पॉडकास्ट: @ ब्रोकन हार्ट

इंस्टा आईडी: बुकहब92

जीमेल: सुमितकुमार 88234

लिंक्डइन: सुमीत कुमार

1

रात का नरक

मैं ऐसी कोई ऐसी होती है जिन्की कोई अहमियत नहीं होती फिर भी वो जाने में ईश कादर मशरूम फिर भी कभी एक होती है वो फिर भी कहीं न कहीं वो अपनी बेइगरत याद कभी नहीं भुलते, में जिश साक्षी के बारे में अपने अल्फाजो में जहीर करने वाला हूं सयाद उसकी अहमियत भी कुछ भी कुछ इसका इस्तेमाल करें मैंने फतेह की प्रति एक अलग तारीके सेह हम जब दुनिया में आते हैं तो ऐसी सोच और इसकी खैरत हम से कफी अलग होती है, और उस खैरात की वजाह सेह कभी असलियत खतरे जो दोस्ती, उनसे कभी वक्फ हो ही नहीं पाते, हम हर वक्त किशी एक साक्षी की जरूरत होती है, कहे वो वीरान रहना पर चलने की हो ये एक हमसफर की तरह उसकी महफिल के खामोश, कुछ होने की है अल्फाज़ो की के ही बिलकुल उश और यहां की तह होती है जिक्सी खैरत तबी मित शक्ति है जब उजाले की शिद्दत सामने नजर आए, मैं ये जो भी कह रहा हूं ये कहने वाला तो कुछ लोगो को पसंद है हैश की खामोशी अपने लफ्जो के द्वार मिटाने की रिवायत करू, दुनिया में सिर्फ एक ही सच्चा मशरूम है जिसे हम सब वक्फ तो है पर कभी उसके लिए जाने की रहमत नहीं करता है कितनी गलत है पर उसमें इनायत कैसा गलत है, उसकी सोच कैसी गलत हो सकती है, जब उसके रास्ते इंसान से होकर गुजरात हो, हर वक्त हलत एक जयश नहीं होता है है ये भी तो जर्रोरी नहीं, फिर भी लिखने की रिवायत आज जितनी लंबी हो सकती है, खुदा के सजदे में

उतनी ही तरह की बेगैरत कोशिश जर्रारा करुंगा, क्योंकि हर की पहली पहली है पता है खामोशी हर एक साक्षी को तोड़ कर रख देता है, मेरे कहने का मतलब है की जब खामोशी किशी की महफिल की वजाह बंटी है ये आशा सबदो में कहु तोह, जब किशियो की मेहफिल में तन है वहां का वहां की तरह ही होती है जिन्की सोच से हमारी खुशियां ईश कादर हम से दूर हो जाती है कि हम उस वक्त कह कर भी उसमें मजबूर हो जाते हैं,जारी हैं उसी तरह एक अच्छी और बेहतर जिंदगी बिटने के लिए भरोशे की तालीम भी उतनी ही जरूरत है, दुनिया एक साक्षी की जब तक मौत समझौता उस अपनी महफिल में हर रोज उस मार्ग को महसूश करता है,चाहे जिंदगी कितनी भी क्यूं ना बची हो, अगर इंसान की फ़िदरत किशी को लेकर नहीं बदलती तो वो सिरफ दौलत है, क्यों इश समाज की रिवायत उस दौलत के पीछे कल भी पागल थी और आज भी है। ठीक एक साक्षी की जिंदगी में केई ऐश हलत आते हैं जहां वह खुद से दूर जाने की इतनी कोशिश करता है जहां ऐसी सोच भी हर जाति, न ही उस वक्त कुछ और है, काम आता है और यहाँ कभी खुद के करीब लेन की ऐसी इनायत भी करता है फिर भी वो साक्षी उनके कभी करीब नहीं आता क्योंकि जिश साक्ष ने बाहरी महफिल आस्युं बहाये है ना उसकी फिर भी कभी उसे ही नहीं। हर वक्त आगे बढ़ने के इल्म काम नहीं आती, ईश दुनिया में हर एक साक्षी खुद को दसरे से बेहतर समझौता है, और बेहतर बनाने की कोशीश भी करता है पर उसकी नाकामयाबी भी उसमें कभी रंजीश बन गया है। यहां भी कभी खुद से अलग नहीं कर सकता, यहां अगर मोहब्बत जरूर है तो नफरत भी जरूरी है, और अगर इंसानियत जरूरत है तो हवानियत भी जरूरी है, सफर में अगर कभी मरने की कोषिश मत करना, क्योंकि उसे सोच तुमाहर चलने से कभी जींद थी ही नहीं, वो तो तुम्हारी मेहंदी से थी जिसे तुमने किशी और के लिए बहुत पहले ही छोड़ दिया है, तो वहां तुम उसे छोड़ दिया यादियों को याद करते हो जो तुम्हारे कभी थे ही कभी नहीं, क्यों उस साथ की गुजारिश करते हो जिसे खैरात कभी तुम्हारे ही मेरे लिखे ही नहीं है, हर रोज बह उसके बारे में फिर कभी नहीं कभी और साथ हा मैं, नफरत की खैरत कभी आशनी से नहीं और मोहब्बत की दुआ वो भी सच्ची वाली उस खुदा से कबूल नहीं होती, हर

वक्त हमारी खामोशी में कोई साथ दे ये ज़रूरी तो नहीं, और हर वक्त वह अगर सही हो खुद के रास्ते तो उसके लिए लाडो पर कभी खुद को उस महफिल में हरने की रिवायत को बढ़ो मत, हजार दफा ये बातें कह चुका हूं, तो मैं बहुत दूर हूं। अपने हमदम होने की पहचान क्यों,ईश दुनिया में हरेक बार फैक्ट सेह सुरु नहीं होती और ना ही फैक्ट पर कभी कहं होती है, दिखावे की पहचान हर कोई करता है पर सच्ची मोहब्बत सिर्फ अपनी रूह ही करती है जिसी इनायत ही कभी कभी भगने की कोशिश करते हैं, और खुद को एक ऐसी उलझन में दाल देते हैं जिसे कोई हाल ही में है दुनिया में। जब हम किशी मंजिल को तय करते हैं ना तो इसकी खैरत बश इतनी ही हटी है, किश हम उसे कभी खुद से अलग करने की बात न करे, क्योंकि उसके हलत भी एक आम इंसान से उस वक्त है मिलते हैं तुम को अपनी महफिल में इतना महरूम कर लो की तुम्हारी खामोशी भी तुमसे डर जाने के लिए ही तुम्हारी इमोशन्स को, और फीलिंग्स की तो बत्त ही मैट करिए जनाब, क्योंकि इसकी मौत तो उसी दिन हो जाती है जिश दिन हमारी सोच भरे की पहचान से मिलती है। में उस हादसे की भी रिवायत से हर उस साक्षी को वक्फ करना चाहता हूं जो लोग एक दसरे के लिए करते हैं और खैरात में ये जरूरत नहीं मांगते हैं, जरा में तो कुछ भी नहीं है तो काहे वो ऑक्सीजन की बातें हो ये तो हम जिंदा तो रखते हैं, पर क्या सच में किशी की मोहब्बत भी ऑक्सीजन और एच20 की जैशी हटी है जो जिंदगी के साथ तो जिंदगी के कनेक्शन में खो गया है है, हमारी दुनिया एक आइशी सोसाइटी है जहां पर लोग सिरफ सर्वाइवल करना जानते हैं, और ईश उर्विवल के चक्कर में केई पांगे भी हो जाते हैं और आइश पंगे होते हैं जिन्का कोई समाधान है ही नहीं ईश दुनिया में खाली। मैं जिंदगी में हम अपने हर उन लम्हो से वक्फ होते हैं जो हमें दर्द दे सकते हैं, फिर भी हम उनके साए में खुद को महफूज सवित करने की केई नाकाम कोशिश करते हैं और आखिरी में उन ना देखें फिर क्यों रहना उन रिश्तों के साथ जो दो पल की खुशी तो देते हैं पर हर पल उनकी खामोशी हम और भी ज्यादा महरूम कर देती है, एक इंसान अपनी तनहाई सेह भाग सकता है पर अपने आने वाले ना तो उसे ऐसी आदत है और ना ही कोई फ़िदरत, जब एक सफर में कोई साथ हो तो दुनिया की हर मंजिल

करीब शी,

वह महान होती है पर असलियत में उनके ख्वाब भी हमारे लिए कभी घटक सवित हो सकता है इसकी इबिटिडा सेह तो हम कफी दूर रहते हैं, दुनिया में हर एक साक्षी से आप फुरकत ले,... तो फुरकत मैट लेना, क्यों उसके लम्हे न तो आपको कभी खुशी से जीने देंगे और न ही कभी मरेंगे, मैं हर बार मार कहीं ऐसी मंजिल पर रुक जाता हूं, झा मेरे रास्ते साफ होते हैं फिर भी ही रहता है, प्रति क्यों रहते हैं मुझे खुद भी नहीं पता इसके बारे में, मेरी कहानियां में भले वो अहसास नहीं है, प्रति एक सच्चा है जो हर दिन मुझे रुकने की नहीं बाल्की उसे वहां जाने में बदल गया है भी भूल कर आगे बढ़ने के इब्तिदा से ही खुश रहता हूं, और अगर खुशी लम्हे सामने दिख रहे हैं तब भी उनसे दूर रहता हूं, क्योंकि मंजिल कभी एक जगह नहीं रुकी ये तो बस भी पूरी दुनिया है।

"की
मैंने
रिश्तो
कि
बेवफ़ाई
भी देखी
है
और उन में खुद के टूटने की
की सिफ़ारीश
भी
फिर भी
हर
बार
महरूम
होकर भी
उन्हे

गले
सेह
लगाना
चाहता
हुन
क्यूंकि
उनकि
बेवफ़ाई
मैं
भी
मात्र
वजूद
की सचाई
है।
,,

ये आखिरी सौगत है जोशायद लिखने जा रहा हूं वो भी आप उस महफिल के बारे में जिससे ना तो कभी डर सकता हूं, और ना ही उस खुदा से इसे दूर रखना की चाहता हूं, हुन, ये सयाद बरबाद होने की हर बार सिफ़ारीह कर रहा हूं, इज्जाता तो नहीं दी मेरी रूह ने फिर भी कहीं न कहीं खुद की तनहाई में अकेला पर चुका, न तो अब वो चाहद देवरे है जो मुझे और वो रसीहते हैं जिन्के होने से में खुद को महफूज रखता था, ये भले ही मेरे सफर की छोटी शि नुमासिंह है, पर कुछ रास्ते में भी है जो तकलीफ की सिफरश से गोकर गुजरात है।

"कि
सबने
साथ छोड
दीया

अब
सिफ़ारिश
किसकी
करे
कुछ
वीरान
सेह लम्हे
हैं
हिस्से मीन
जो
अभी
बाकि
है
तो
चलो
आओ अनके
ही
साथ
लौट
चाले।"

2

वांछनीय लड़ाई

वांछनीय लड़ाईआज जो भी कहना वाला हूं सयाद उसकी खामोशी हर एक साक्षी को अच्छी न लगे फिर भी मेरी कहत ईश चीज को लेकर कभी खतम नहीं हो सकती, क्योंकि जो मैंने धोके खाए वो सयाद, जिंदगी भी कोई है सिखने के लिए दसरा मौका देता है, प्रति मेरी जिंदगी ना तो वो दशहरा मौका और न ही उसकी दसरी कहत ने कभी जन्म लिया, फिर भी हर वक्त कहत तो यही रही की अपनी कभी नाश को महसूश कारू, और खुद को एक हमसफ़र की तरह उसके करीब लेकर चलन पर ये सयाद मुमकिन नहीं था, क्यूंकी जिन रस्तो पर में था, सयाद उसे परचाई भी मेरी बारबाड़ी की वजाह ही थी बश, हर दफा सब कुछ और आगे बढ़ने की कोशिश करू, पर क्या ये मुमकिन था कभी, में ये भी नहीं जनता था, पर हा कहता जरूर थी की हम दोनो की गहराई में जो फुरकत ली है क्या वो कभी बदल पाएगा, ये कोई है , प्रति हा एक कथा ज़रुर है और एक ऐसी कथा जिसकी मैं शिद्दत ने हम दोनो को ईश कदर तोड़ दिया था की जुडने की खविश मार छुकी थी, दुनिया दुनिया चीज जितनी बनबती है उतनी तरह से आज कल लोग भी बनबती बन चुके, और उनकी बातें, याद कुछ और बनाएं ,दुनिया गलत ईश चीज के बारे में की मोहब्बत में के दुसरी की कहत और नफ्स मिल्नी चाये ना की जिस्म और दौलत की खुशबू मिलनी कहिए, पर क्या ये सही है, क्या में सही था दिन? जो रिश्ते मैंने किशी के साथ निभाए हैं क्या वो सही थे, ये उस दिन की हर महफिल

सही थी और मैं गलत था? ठक चूका हर एक रिश्ते को संभल कर इश्ली आज इश मूर पर खड़ा हूं जहां मेरे साथ मेरे अपने नहीं हैं, सिर्फ याद हैं, वो याद जिसमे ना तो उन ने मुझे शमील ही और है। तो चले मशहूर करते हैं उन यादों में आजतक उनकी कहत में भूल नहीं पाया पर खुद को भूलने की कफी कोशिश की थी मैंने, और ईश हद तक की थी की महरूम होकर भी उनमें धुं... अपने ने मेरे कबर की तारिक तय की थी।

तो ये मेरी कहानी सयाद कुछ खास नहीं है पर हा एक सफर को तय करने के लिए सयाद कफी रस्ते दिख दे, क्यों हर वक्त महफिल कभी एक जैसी नहीं होती और हर दिन एक जैशी कहत दिखय भी तो फिर भी यह कहमोशी की सही वजाह मालून नहीं हुई तो सयाद में भी अपने उनसे में महरूम हो जाने वो भी खुद की वजाह सेह, एक साक्षी ने कफी अच्छी बात कहीं थी मुझसे की तुमने जो भी तुम्हारी खामोशी की वजह नहीं है, जो सुरूरत तुम्ने की है उसे खतम भी तुम ही कर सकते हैं, और ये फिलॉसफी मेरे लाइफ की परिभाषा बन गई मैटल मेरे आगे बढ़ने की भी और मेरे पीछे बढ़ने तो क्या है? काशी रंग? किश तरह से हुए ? बिल्कुल क्या रहस्या है इसके पीछे के और सब के पीछे मेरी मोहब्बत तो नहीं ये कोई बरबादी जी भरोशा भी कहता है, खैर जो भी है आप सब को खबर तो हो ही जाएगी उसके पहले आप पहले मेरे किरेदार सेह, क्योंकी बहले ही ईश कहानी का नायक कोई और है पर मेरे वजूद की कहानी भी कफी हद तक मिलती है। दो राजवीर खुराना, एक आयशा लड़की जिसने अपनी पूरी जिंदगी में कभी भी कोई काम नहीं किया, फिर भी मेरे अहंकार की सीमा सबसे ऊपर रहती और वो इशलिय क्यों मेरे पीछे मेरे पापा जो में थे, ने कफी बेहतरीं तारिक से संभल कर रखा था, और वो भी इशलीये क्यों वो दोनो बेइंतेह मोहब्बत करते थे, वो जानते थे की मेरी फ़िदरत कभी बदल नहीं, शक्ति और उन में भी कोई जीवन है, स्टाइल में सेह, उन्होन मेरी परवरसिंह कुछ ईश कदर की थी की में खुद को एक नवाब समझौता था, और क्यों न समझो, मैंने जिश चीज की भी ख्वाश की चालो सब मेरे पाउ की धूल बन गई थी मेरे एक रिश्ते में धोकेबाजी मिल शक्ति और ये तो आज कल कफी आम भी हो चुकी है, प्रति जिसके पाव में उस जन्नत की छाप हो ना तो वो रिश्ते खुदा से भी माँ ऊपर होते है, और में किसी

और में कोई और नहीं बातें कर रहा हूँ, मैं मानता हूं मानदंड सहयोगी लोग अपने मा बाप को अपनी पूरी दुनिया मानता है, पर मेरे लिए वो सिरफ मेरी दुनिया नहीं बाल्की मेरी स्थिरता है, अगर रासायनिक रूप से कहु तो मेरे लिए वो मेरे संतुलन शक्ति है, में कभी न तो उनसे अलग हो, सक्ता हूं कभी मुझसे खुद से अलग कर सकते हैं, वैसा ही मेरे डैड पेश से एक बिजनेस टाइकॉन है और मेरी मॉम एक वकील है, मेरे डैड की पहचान उन्होन खुद ही बनायी है, प्रति मेरी पहचान मेरे डैड की है।

और मेरे माँ की वजह से है, अगर किशी की मेहंदी में खोट आ जाए तो हम उसे सुधार सकते हैं पर अगर उसकी किस्मत में ही अगर खोट आ जाए तो हम उसे कभी नहीं मिटा सकते, और मेरी माँ और मेरी माँ और किस्मत में मेरे सब से में अपने मॉम डैड के लिए सबसे खराब खोट था, अगर सामान्य भाषा में कहु तो एक ऐशी किस्मत जिशे अपनी पहचान कोई नहीं बनाना चाहता था। मतलाब ये अधूरी ही सही पर में बात पूरी बताता हूं, में अपने मां पिता का खून नहीं था, मतलब जब में पाया हुआ तो में एक अनाथ ही दिया हुआ था, मतलब मेरे खुद के लिए क्या था, मैंने खुद को बताया था उन्हे लगता है की में असामान्य हूं, मतलाब मेरी बॉडी भाषा असामान्य है, क्योंकि मेरे जीवन की त्रासदी ही कुछ ऐसी थी की डॉक्टर ने मेरी एंट्री पर ही मेरे माँ डैड को मुझसे अलग कर दिया था, आब इसके भी हदसे से आप सब मैं करवा ही देता हूं, तोह कुछ कुछ ऐसे थे की जब दुनिया में मेरी एंट्री हुई टैब मेरे पाऊ असामान्य थे, मतलाब डॉक्टर का ये मन्ना था, कभी कभी कह नहीं सकता था, उन लोगों ने मुझमें उस होस होस मिलते ही, और सयाद रोते हुए भी, ईश रहश्या के पीछे कितनी सचाई है में नहीं जनता क्योंकि उस वक्त तो मुझे ये पता था कि मेरे असली मा बाप एमआर। अंशुमान खुराना, और अर्पिता सिंह खुराना है, मुझसे ये बात कैसी पता चली, किसने बाती, इसके पीछे भी के राज है जो सयाद वक्त रहते खुल भी जाएंगे, अभी मेरी कहानी है, अभी मेरी कहानी है, अभी मेरी कहानी है ही नहीं दोस्त! आम तौर पर कहू तो में एक नाला ही था सब की नजरों में अगर टपोरी भाषा में कहु तो, क्योंकि में और हमारी छोटी सी दुनिया हैदराबाद से थी, मतलाब मेरे माँ और पिता की जन्म भूमि हैदराबाद थी, अपने गृहनगर में अपने कुछ

में भी नहीं जनता ता, और जनता भी जिसे अपने असली मा बाप तक को नहीं देखा वो अपने गृहनगर के बारे में कैसा जान पायेगा? खैर मुझे सोसाइटी की बातें कभी हर्ट ही नहीं करती, काहे वो मेरे बारे में उस वक्त कुछ भी क्यों ना बोलें, उल्टा उनकी बातें मुझे तो मजबूत बनाती थी, भले ही वो मेरे असली मां और पापा नहीं भी हैं फिर असली और पापा से भी ज्यादा प्यार करता था, और वो दो मुझे अपने असली बेटे से भी ज्यादा प्यार देते थे, उन लोगों ने मुझे कभी इश बात की खामोशी महसूश होने ही नहीं दी में खराब किया है सेह तो आप सब को मिला ही नहीं मैटलैब मेरे बिग बॉडीगार्ड सेह जो की हमारी छोटी दुनिया के बड़े हल्क थे, और ये क्यों बने इसके पीछे भी एक राज है?

खैर में इनकी बातें जरूर बताऊंगा क्योंकि इनकी जिंदगी हर वक्त कॉमेडी ही हुई है, मेरे कहने का मतलब है बचपन से लेकर आजतक इनकी जिंदगी में कोई गंभीर बात हुई ही नहीं, तो बात कुछ कुछ है तब मैं है उन्हे एक पहलवान की बेटी से प्यार हो गया, और वो भी एक तरफ़ा, मतलब वो लड़की उनसे प्यार नहीं करती, फिर क्या था वो एक ऐशी रेस में भाग रहे थे, उनमें उनकी नियति पक्की, लव थी एक्शन में उनकी किस्मत में प्यार था त्रासदी का सामना करना पारा, वैसा मुझे तो अभी से ही आ रही है कि उनकी ढिला काशी हुई, खैर मेरे बड़े भाई ही तो थोड़े थोड़े इज्जत दे दे रहे हैं और उनके दर्द की रिवायत थोड़ी कम है मैंने अपने भैया की पहचान तो बतायी ही नहीं क्योंकि उस दिन उनके नाम के ही पंगे थे, कबीर खुराना जिन्के पूरे स्कूल में कोई पंगे नहीं थे, क्योंकि पापा की शक्ति ही कुछ ऐसी थी, भी कभी भी उन्हें सजा दी थी ,क्यूंकी वो ओ स्कूल ही हमारा था, पर वो भी बेखोफ इशलीए कफी गल्तियां करते थे और बाद में पापा की दाता सुनकर शर दिन सो जाते थे, सब के बाद मा खाना लेकर आते फिर उन्हें खिलाड़ी और खिलाड़ी की बड़ा बेटा है और लड़का है और अभी बच्चा भी है, हो जाती है गल्ती, और ईश उमर में नहीं करेगा तो कब करेगा? वो कहते हैं दुनिया एक लड़के पर कितने भी इल्जाम क्यों ना लगे हो? दुनिया भले ही उसे कुछ भी क्यों न कहती हो? प्रति एक मां की अदालत में उनका बेटा कभी गुणगर होता ही नहीं है, काहे वो जुर्म करे ये ना करे, क्यों वो मा वो हर बात करता है समझौता

की सही है जो संभवे, जहां पापा की दलिले खतम होती थी वह मा की अदालत सुरु होती थी, और मैंने पहले ही ये जहीर कर दिया की मेरी मां एक वकील थी और उनकी बातें सेह तो के जज ने खुद अपने ट्रांसफर ऑर्डर पर स्थायी रूप से हस्ताक्षर किए स्वीकृति की छाप मार दी थी, तो मेरे पापा की दलिले कब तक काम आती, और रही बात में तो कभी कुछ करता ही नहीं था और अगर कुछ करता भी तो उसे वक्त मेरे भैया मुझे प्रोटेक्ट करता जो हर की आजल है, पापा तक मेरी बात कभी पौछती ही नहीं, और अगर गल्ती से पौच भी जाति तो वो मुझे कभी कुछ बोले ही नहीं बाश अपवाद में उनकी कुछ बातें मुझे याद है जो कुछ इस तरह से थी महतो!

अगर आपके दुबारा कोई गल्ती की तो आपके बड़े भाई की तरह हो आप भी दण्डित किए जाएंगे समझे? पापा जब भी मुझे ये बातें बोलते हैं मेरे दिमाग की परिभाषा में सिर्फ प्रश्न चिह्न की ही वैल्यू नजर आती है क्योंकि में उनकी बातें एक कान से सुनता और दसरी से निकलता है, प्रति उनकी बातें से में कभी परेशान क्यों होता है वहाँ मैं भी मेरे लिए प्यार ही है? उन्हें मुझे कभी अलग नहीं समझा, न ही मेरे असली मा बाप की तरह मुझे कभी अकेला छोटा, मैं जैशा भी था वो मुझे पसंद करता था। क्योंकि इंसानियत तो सिर्फ इंसान ही देखा सकता है, बागबान नहीं, और में उन खुद से तुलना नहीं कर सकता था क्योंकि खुदा से तो एक बार गल्ती हो सकती है पर उनसे कभी नहीं, में कह रहा हूं, असलियत में तो वो उनकी इनायत इससे से भी ऊपर है, मेरे परिवार में हर एक साक्षी वक्फ था में उनका अपना खून नहीं हूं, मैं उनका अच्छा बेटा नहीं हूं, ये कभी बहुत ज्यादा है जाने थे, फिर भी उनको कभी ये अहसास नहीं दिल की में उनका अपना भाई नहीं हूं, मैं जब भी कुछ कहना वो बश मुझे लाता है, जब भी किशी चीज की खैरत होती वो मेरे उसके सोचने से पहले ही मौजूद होती है। खैर मेरी बातें तो चलती रहेंगी उससे पहले, पर उससे पहले में कबीर भाई की प्रेम कहानी पूरी कर दून जो की अधूरी थी, तोह हदसे की कुछ कुछ ऐसी थी की, कबीर भाई एक लड़की से प्यार करते थे। जो की पहलवानो की बेटी थी और उस लड़की का नाम सयाद दीप्ति गुज्जर था जो की बहुत खूबसुरत प्रति खतरों में भी, वो कहते हैं न दुनिया

की हर खूबसूरत चीज खतरोंनक ही होती है, अब वो नाया हम शिद्दत की नहीं बाल्की हिम्मत की जरूरत होती है, और सयाद उस वक्त कबीर भाई थोड़े कमजूर पर गए थे,मैंने इसे पहले ही बताया है कि कबीर भाई उनसे एक तरफ ए प्यार करते थे, मतलाब वो तो करते प्रति दसरे तारफ सयाद मोहब्बत थी ही नहीं, क्योंकि दीप्ति गुर्जर के कभी मौका ही नहीं मिला की कभी वो कभी मिला, की वो कभी खातिर, उनकी शादी उनके मा बाप और चाचा ने बचपन में ही तय कर दी थी, और उन बातों की खबर कबीर भाई को कभी थी ही नहीं, मतलाब अगर उन दोनो की बीच अगर बातें होती तोह सयाद बहुत ज्यादा होती है प्रति बातें होती काशी? दीप्ति जब भी स्कूल आती तो साथ में उनके दो पहलवान जरूर रहते हैं जो की कोई और नहीं बाल्की उनके चाचाचा ही थे, और पुराने स्कूल में किशी को हिम्मत थी ही नहीं की वो उनके अगर बगल भी थी, उसके हाथ पाउ सलामत नहीं बचे, मतलब उनके गुंडे ने उनके हाथ पऊ तोड दिए थे वो भी पुराने स्कूल के सामने, पर ये बातें बहुत पहले की है और ये बातें मैंने भी कहीं से ही कभी सुनी है। मैं इश्ली कबीर भाई ने कभी उनसे कभी कुछ नहीं बोला, क्योंकि वो इश बात से अच्छी तरह से वक्फ थे की अगर उन्होन ईश बार कोई भी गलती की तो मा को बहुत चोट लगी होगी और पिता तो वह घर नहीं थी, और अगर दोनो के बीच उस वक्त बातें हो भी जाती तो सयाद उनकी शादी कभी नहीं होती, और उनकी उमर भी उस वक्त कुछ खास नहीं थी, की वो ये सब करे, फिर भी मोहब्बत है तो एक प्रेमी के उनसे की पहचान कभी है ही नहीं, मेरा मतलब है कि हम कभी इंतजार कर ही नहीं सकते, और कितने खुद को उसके काफस में हम रुके, ठीक एक दिन तो उस पर ही परदे ,पर इससे पहले भूत डर हो जाए चले हम भी देखते हैं कि आखिर कबीर भाई ने आयशा भी क्या किया के पापा ने उन्हे सपोर्ट करना ही छोड़ दिया।

तो ये बात सयाद 14 जून की होगी, जब कबीर भाई ने दीप्ति गुर्जर को प्यार करने की सलाह दी थी, मेरे कहने के मतलब है वो बहुत वक्त से उन नोटिस कर रहे थे, कबीर भाई ना कभी और ना ही कभी उनसे बातें की, फिर भी कबीर भाई ने हर अपनी कोषिश नहीं छोटी, क्योंकि मोहब्बत चीज ही ऐसी होती की प्यार को भी समुंदर दिला दे, पर ये बात

सिरफ कहने की नहीं है, क्या उह दिन कबीर भाई ने ये सोच लिया था की आज के कुछ भी क्यों ना हो जाए आज में उसे अपने दिल की बातें बता कर ही रहूंगा, कहां उसके पहलवान मुझे पीट ही क्यों होते हैं है ना, मेरे कहने का मतलब है पहला प्यार तो वो उस वक्त उसे पन्ने के लिए कुछ भी कर सकता है, और ये ज़्यादातर लड़के के ही करते हैं, क्योंकि हमारे अमिताभ बच्चन सर ने जो अपने अल् नहीं होता, प्रति उस दिन असलियत में उन्हे इतने दांडे पार की मिया उन एक चारमीनार भी देखा था, खैर अच्छी आईशा हुआ क्या?

3

मुझे गलत या सही बताओ

"बातचीत

कबीर : दीप्ति ! में क्या तुमसे कुछ कह सकता हूं?
दीप्ति : अगर
तुम्हे किशी ने देखा तो बहुत मुशीबत हो जाएगी! चले
जाओ ये से क्या बोलना है तुम चले जाओ।

कबीर : नहीं में अपनी बाते कह कर ही रहूँगा।
दीप्ति : अगर मेरे चाचा ने देखा तो तुम कहने लायक
नहीं बचोगे, वो देख वो आ भी भी रहे हैं!
कबीर : आने दो आज जो भी होगा में देख लुंगा, पर जो
मेरे अंदर चल रहा उसे और झेला, अब हिम्मत बिलकू भी
नहीं है।
दीप्ति : ठीक है कहो, प्रति अगर तुम्हारे साथ कुछ भी
बुरा हुआ तो फिर मुझे मत कहना, समझे।
कबीर : ठीक है।
दीप्ति : अब जल्दी कहो भी, क्या कहना चाहते हो तुम?

इस से पहले इनकी बातें और आगे बढ़ती, उससे पहले ही गुर्जर पहलवानों ने उन दोनो को बात करते देख लिया, फिर क्या था, कबीर भाई तो उस वक्त पूरे टशन में थे, की मैं तुमसे हमने प्यार किया अपना केला कहता उन, कफी वक्त से तुम्हें प्यार करता हूं आब तो मेरी बातें और मेरे हलत समझो, प्यार हो गया है तुमसे जब से माने देखा है तुम, नहीं रह सकता तुम्हारे बिना हो, क्या कहू यार, इतनी दफा कोषिश की प्रति तुम्हारे चाचा के पहलवान हमा तुम्हारे साथ ही रहते थे तो में कभी कह ही नहीं पाया, पर आज कह के रहूंगा कुछ भी क्यों नहीं। इस से पहले वो इसके आगे कुछ बोले उडर से एक थप्पड़ और उसके बाद धोबी पच्चर दीप्ति गुर्जर के पहलवानों ने उन तौफे के रूप में अच्छे से दिया, फिर क्या था हमारे हल्क भैया मोहब्बत जमीन पर और गया की मोहब्बत में ज़मीन और आशमान एक जैसा क्यों दिखता है और क्यों एक जैसा लगता है। फिर क्या था, पुराने स्कूल में ये हवल चलने लगी की कबीर खुराना को और दीप्ति गुर्जर के पहलवानों के बीच लड़ी हो गई है,और ये बात डैड सेह चुनने वाली थोड़ी थोड़ी थी, क्योंकि डैड भले ही वह काम आते थे, पर आब ये बात उनके बेटे की थी, और उस बेटे की जिशे वो मुझसे भी ज्यादा जयादा नालायक को जानते हैं, जानते हैं उस वक्त में उनके साथ नहीं था, मतलब में माँ के साथ था वो भी किशी काम से बहार, और जब हम ये बात पता चली की कबीर भाई को बहुत छोटा और उन गुर्जर के खिलाड़ी है से आ गए, और पापा तो पहले से मौजूद थे, पर उन्होन उस वक्त कबीर भाई के लिए कुछ भी नहीं किया, उल्टा उन्ही खुद के बेटे को खुद के स्कूल से निकल दिया, न तो उन एक भाई सुनिए देखा, पर मॉम जैसे ही आई उन्होन गुर्जर फैमिली के खिलाफ एक शिकायत कर दी, और वो भी एक्ट टू हाफ

मर्डर के तह, फिर क्या था मा तो पहले से ही एक वकील थी, उनेर दशरे के दर्द देखे नहीं तो वहीं थे बार तो बात उनके खुद के बेटे पर आ गई थी, तो वो कैसे छोड़ देती है, जब मा उनके खिलाफ केस फाइल की ए, तो डैड ने उशे वापस ले लिए, क्योंकि उन्हे लगता था की गलत उनके बेटे ने ही की है तो वो किशी और प्रति सीएई फाइल क्यों करें। प्रति उस वक्त दो हडसे एक साथ हुए थे, और उस हादसे की पहचान सिरफ कबीर भाई नहीं थे बाल्की में भी था? प्रति अखिर क्यों और कैसे ? कुछ ख्वाब ऐश भी गर्म है जो भले ही वक्त पर पुराने नहीं होते पर वक्त के गुजरे के बाद उनकी खैरत ही हमारे ख्वाब को पूरी करता है, अगर मंजिल की खैरत छोडनी है तो वह पूरी तरह से कुछ देता है, पर उसे पूरा करने की सुरूरत सिरफ हमारे हाथों में होती है, और उस वक्त मेरी मंजिल कुछ ऐसी ही थी तो उस वक्त में पीछे मूर शकता था, ये खुद को महरूम था कर सकता था, प्रति ईश बार नहीं क्योंकि जो प्यार उन लोगों ने मुझे दिया था,”

में उसे कभी गलत नहीं कर सकता था, मैं उनके भरोशे को कभी तोड़ नहीं सकता था, उन वो दर्द की महफिल वो भी उनके प्यार के बदले कभी नहीं दे सकता था, यह मैंने जो मेरी वक्त।

“

की तू

एक छोटी

शि मुस्कान

है

पर में

तेरा

पुराना

अयना

हुन
ख्वाबो
सेह ज़्यादा
में
तेरे साथ
नंगे पाउ
चला हूण
दुनिया की
कीमत नहीं
पता मुझे
इश्लीये तोह
तेरे रिश्ते
सेह
बंधा हुआ
भाई भाई
केह के
में तेरे
मज़बूत
कंधो पर चला हुं......."

"अपनो
सेह ज़्यादा
मुझे गैरो
ने संभला
है
और अंधाकार
की आशा देकार
मुझे
उजाले में
पाला है

और किश बात
की सिफ़रिश करू में उनसे
उन्होने ने तो मेरी
गलतियां पर भी
मेरा प्यारा बेटा
कहकर मुझे
पुकारा है ...."

ये जिंदगी में जो आपने है ये जरूरी तो नहीं की वो सच में अपने हैं, खून की शिद्दत से कभी रिश्ते नहीं बनते, आंखों की सच्ची भी जरूरत है, उसे सवर्ण के लिए, जैशो एक पौदेह जरूरी होती है उतनी ही एक रसीहते को बेहतर बनाने के लिए भरे हुए की भी चाहत बहुत जरूरी है जिस तरह से तालीम न तो बाजारो में मिल्टी में और ना ही इसे हम कभी खारिद सकते हैं और प्रहार भी वही है। मैंने अपने रिश्तों की अभी पूरी सचाई नहीं दीखाई और न ही दीखा सकता हूं, क्यों उनकी हार में ही मेरी हर मौजूद है जिस में कह कर अपना नहीं सकता, जरा भी है फिर भी कभी भी उनमें जिन हम कभी किशी और से कभी साहिल नहीं कर सकते।

4

अभिजात वर्ग के मृत

जुर्म की तालीम भी कुछ ऐसी होती है की वो कभी रिश्ते नहीं देखती, कह वो खून के हो ये जाने ही क्यों ना, उसकी सोच हर किशी के झूठ ही होती है, और जो जुर्म को आपको रिश्ते दे उसे तो पता है उन हैं, रिश्ते अगर खून के हो तो लजमी है की उनसे मिलने वाले दर्द को हम भूल भी सकते हैं पर अगर वही रिश्ते बनाए गए हो और बनाबती हो तो उससे मिलने वली हर एक दर्द भी गर्म है यह कि खुद से अलग कर ही नहीं सकता, कितने कितने भी कोशिश क्यों न करलेन, जुरम की हस्से दारी हर किशी के लिए एक शि नहीं होती, क्योंकि ये भी रिश्ते लिम होते हैं और दौलत को हम से कहीं ज्यादा यह है लगा को आपके जहान सेह केबी बहार निकल कर फेक दे और उसके बाद आपको एक छोटी भानक तक न लगने दे इसके बारे में। खैर कुछ मूर आए भी होते हैं जिंदगी में जिनसे हम बहुत दूर रहने की कोशिश करते हैं, फिर भी ना तो हम उनसे कभी डर जा पाटे और ना ही उन लम्हो को कभी भूलने की कोशिश कर, कभी कभी है, की मेरी जिंदगी कुछ ईश कदर बदल जाएगी की में खुद से भी उस आने में कुछ नहीं मिलेगा भाई को पीठा तो उस दिन उन्होन ने शारीरिक रूप से तो उसे भुला दिया प्रति मानसिक रूप से वो उसे भूल नहीं पा रहे थे, क्योंकी आजतक उनकी तरफ किशी ने हाथ तक नहीं उठाया और ना ही उनसे कभी होऊंची आवाज में बात की थी ही नहीं पा रहे थे, बश खुद में महरोम हो चुके थे, क्योंकि उस वक्त डैड ने उन कफी

कुछ सुनाया था और गलत समझा था, न तो उन उन्हे बोले का मौका दिया और ना ही उनसे कहा था। तबी होती जब आप सही होकर गलत सवित कर दीये जायो, और कबीर भाई तो कभी गलत थे ही नहीं, उन लोगों ने किया था जो की मेरी नजरों में तो बिल्कुल गलत नहीं है, जिस दिन में कबीर भाई से मिला उस दिन उनकी है खड़े भी नहीं हो पा रहे थे, में उनकी हलत अपनी आंखें से देख भी नहीं पा रहा था, बश मन तो कर रहा था कि जिन्होने इनकी ये हलत की है में वह जिंदा न छोड़ून

घुतन शी हो रही थी मुझे उनके दर्द को देख, में उनकी हर एक तकलीफ को उनसे डर करना चाहता था उस वक्त, इशलिये मैंने वही किया जो मुझे उस वक्त करना छै था, मैंने सोचा था उन्हे जान से मार दूंगा, और मैंने कफी हद तक ये से भी लिया था, प्रति खैरात में हर चीज संभव हो ये जरोरी तो नहीं, मैं चाहता था कि उनको इसकी साजा मिले पर कभी ये नहीं सोचा था आखिर हुआ ?किसने किया और क्यों किया ?कही ये कबीर भाई ने तो नहीं किया और अगर उन्होने किया भी तो साजा मुझे क्यों मिल रही है ?दोषी में क्यों हूं ? जुर्म मेरे उससे की खुशी क्यों आई है? मुझे क्यों तकलीफ की कफस में लोग कैद कर रहे हैं, और वो भी मेरे अपने ही। तो उस दिन हुआ कुछ आयशा की ये सयाद 5 सितंबर की शुभ की बात होगी, जिश दिन मॉम घर पर नहीं थी और न ही डैड थे, और में अपने क्लासेस खतम कर आया बिखरा था की मैंने देखा कुछ कुछ देख में उस वक्त थोड़ा परेशां हो चुका था, फिर मैंने गार्डन एरिया चेक किया तो वह भी नहीं था, फिर मैंने गार्डन एरिया पर कोई जवाब नहीं मिला, और जब मैं उनके लिए थे, में उस वक्त कफी डर चुका था इशली मैने मॉम और डैड को कॉल लगा प्रति उनके कॉल आउट ऑफ रीचबल बता रहे थे, और के बार जब ट्राई किया तो स्विच ऑफ, मतलब में उस वक्त सोचा के नहीं हलत अजीब महसूश कर रहा था, फिर मैंने के बार ऊपर नीचे हर जगह घर के हर कोने में कबीर भाई को ढूंडा फिर भी वो मुझे नहीं मिला, मैं इतना घबड़ा गया था, उस वक्त की मैंने पुलिस को फोन किया था।

में घर के अंदर गया अपना फोन लेन के लिए पर जब में वह पौछता हूं तो मेरे फोन भी गया था, में उस वक्त काफी हेयरां हो चुका था की हो

क्या रहा है ईश घर, और कहीं मेरे मॉम और डैड खतरों में तो नहीं और कबीर भाई किधर है कहीं तो कोई खतरा तो नहीं?में ये सब सोच ही रहा था की फिर मुझे याद आया की मैं लैंडलाइन से भी कॉल कर सकता हूं, प्रति जब लैंडलाइन के पास गया तो उनके कनेक्शन कटे हुए थे, मतलाब इतनी सारी अजनबी और बालों को करने वाले थे शक्ति है? एन सब के बाद भी मैंने हर नहीं मणि, में बश उस वक्त अपने घर से निकल और सीधा पुलिस थाने की तरफ भागा, जब में पुलिस स्टेशन की तरफ भाग ही रहा था, मातलब पहले भी मैंने तो उन देखा और केई बार आवाज़ भी लगायी पर उन लोगों ने देखा, मुर्र कर देखा तक नहीं, इशलिये में और तेजी से उनके पीछे जा रहा था, और जब में पुलिस स्टेशन देखा तो मैं था। वह मौजूद है वो भी कबीर भाई की डेड बॉडी देखने के लिए?

5

बातचीत भाग 2

"

माँ : मेरे बेटा कहा है !

पुलिसः अभी तक आपके बेटे कि

पहचान नहीं हो पाई है, क्योंकि जिसने आपके बेटे पर

एसिड डाला है, उस्नेक

केई बार उशे उशे पत्थर से पहले कुचला है।

माँः ये क्या कह रहे हैं अंशुमन!

ऐसा नहीं हो सकता, मेरे बेटे की मौत नहीं हो सकती

(रोने की भावनाएं)।

पापा : अर्पिता शांत रहो

कुछ भी नहीं हुआ और ज़रूर तो नहीं ये हमारे कबीर की

ही बॉडी हो।

में उनके करीब नहीं जा रहा था, मैं बश डर चुका था उस

सोच से जिसमे मेरे अपने के आसुन दिख रहे थे, उस वक्त

मां कफी बेहोश हो चुकी, मैंने माँ को कभी अपने सामने

रोते, मैंने कभी माँ को कभी अपने सामने नहीं देखा। मैंने

माँ को रोते देखा तो में खुद भी कामजूर हो चुका था, और

जब में उनके करीब गया तो उन्होन मुझसे ये पुचा की हमने

तो अच्छी परवरिश दी थी तुझे पाला पोशा, और इतने
अच्छे इतने अच्छे से मारा कबीर को ?
मतलाब ये क्या हुआ ? मेरी जिंदगी ईश कदर कैसे
बदल गई? जिश मा ने मुझे कभी खुद से अलग नहीं किया
है, वो मुझपर ये इल्जाम लगा रही की में उसकी गौड़ का
हत्यारा हूं? मैंने उनके बेटे को मारा है?
मैं : पापा ! ये क्या बोल रही है माँ, मैं कभी कबीर भाई
को तकलीफ देने के लिए सोच भी नहीं सकता, मैं उन्हे नहीं
मार सकता डैड में खुद को तकलीफ देने की सोच बेटा हूं पर
आप में कभी भी कभी नहीं हूं। पिताजी, फिर मा मुझे
आयेंगे बोल शक्ति है, उस वक्त मुझे कुछ समझ नहीं आ
रहा था, मेरी जिंदगी वो भी एक पल में इतनी बदल जाएगी
वो भी मेरे अपने के खतरे मैंने कभी, कभी कभी मैंने कभी
नहीं सोचा और फिर माँ के सामने मेरी एक नहीं सुनी, ये
तक पिता ने मुझे ये तक बोल दिया की तू हमारा खून नहीं
है, तुझे तो सिरफ हमने पाला है, और हमने कभी सोचा था
की हम अपने घर को जो कल होकर हमारे बेटे को ही अपने
विष से मार दूंगा, क्यों किया तूने आयशा, हमने तुझे इतना
दिया और तूने बदले में हमारे बेटे की जान ले ली।"

और जिंदगी में पहली बार में सही होना भी गलत होना चाहिए था, न
तो उस वक्त वो हिम्मत थी और न ही वो शिद्दत की में खुद को उनके
सामने साबित कर शकुन, की मैंने आयशा कुछ कुछ भी नहीं बताया यहां
से भी लेता है पर जिन्होन बोला है उनकी बातें सेह मेरे कबर की कहत
वही तयर हो चुकी थी, खैर सब ये सोच रहे हैं कि क्या होगा, कोई तो खैरत
सबूत को मिल जाएगा भी एक जुर्म के लिए जो मैंने किया ही नहीं और न
ही कभी करने की सोच सकता है। पुलिस का मन्ना था की ये जुर्म मैंने ही
किया, क्यूंकी मर्डर पॉट पर मेरी रिंग उन्हे मिली थी जो मेरे मॉम डैड ने
ही मुझे दी थी जब में 5 साल का था, उस एक सबूत की वजह से उन मुझे
कसूर बार मान लिया द मुझे पीच मुर्र कर एक बार देखा तक नहीं और

न ही मुझसे कोई सफाई मांगेगी, और नी बातो की, उन्होनें इतना इतना की, अधिकारी ईश साक्षी को हमारी नजरों से डर लेकर आज में जाऊंगा जिस मेरे कबीर को मारा है।

> "मेरी दुआ में
> भी
> उश दर्द कि
> डबा शमील
> है जिशे में
> अपने मौत
> कि
> तारिक
> डे
> चुका
> था।
> "

कुछ हादसे आए भी होते हैं जो हमारी आम जिंदगी से काफी अलग होते हैं, दुनिया में सोच की कोई कीमत और अपने की अहमियत भी कफी काम है, हम किसी अजनबी से तो आपको बहुत दर्द होता है ये हमारी दुनिया की सबसे बड़ी गल्ती है, हर वक्त कोई साथ नहीं रहेगा, ये सब जनता है, फिर भी महरूम होकर इन कोशिश करता है वो भी उस इंसान के पाने के लिए जो हमारी में एक बात जो जरा देखी की वो मेरे कभी अपने थे ही नहीं, ये मुझे कभी अपना मन ही नहीं, वर्ना यू भारी महफिल में उनकी आंखें में उनका कसूरबार नहीं होता, मैंने उस में कुछ ज्यादा कुछ कुछ नहीं हो चुकी थी, महरूम हो चुकी थी उनकी दलिले सुनने के बाद, खुद को हर वक्त तकलीफ देने की कोशिश कर रही थी, ईश हदसे की खैरात हमशा भी अधूरी ही रहेगी, क्योंकि मेरे ही होने के था पर उस खुदा सेह गुजराती की अपनी मैं भी, जिंदा रखा और ईश हाडसे की पूरी सचाई सामने ले, बश आखिरी वक्त में यही कह सकता हूं कि

गलत नहीं था, और ना ही में उन्हे तकलीफ दे सकता हूं जिन्होने ने मुझे भी पाला केई रहश्या भी है जो अभी खुलना बक्की है, और जो काफस मेरे दुश्मनो ने मेरे लिए तयार की उसे तोडने की सिफरिश भी अभी बक्की है। जाने से पहले कुछ बातें बता देना चाहता हूं की जो डेड बॉडी पुलिस को उस वक्त मिली थी वो कबीर भाई की नहीं थी.....

लड़ाई का अंतिम युग

प्रति तुम बातें सिरफ मुझे और उस साक्षी को ही पता जिस मेरी मदद की थी, और जिन रिश्तों की सौगत में खुद को मैं महफूज मानता था उन लोगो ने ही मेरे मौत के कब्र तय की थी। ना ही सफर की बातें अधूरी है और ना ही जुर्म के उसके अभी तक पूरी है, पर कुछ सवाल है जिन्के जवाब अभी बक्की है, क्यों हुआ किसने किया, कब किया और कैसे किया? जिनपर से अभी परदे हतने वले है तब तक इंतजार की इबिटिडा तो करनी ही पारेगी, क्या ये खेल मेरे अपने ने तो नहीं रचा? और अगर कबीर की मौत भी है तो किसने की और क्यों की? के ये गुर्जर के पहलवान तो नहीं? ये क्या सच में राजवीर ने मारा है? और अगर उसे अपने भाई कबीर को नहीं मारा है तो वो जेल क्यों गया, क्यों उसे खुद को कसूरबार माना वो भी उस जुर्म के लिए जिशे वो कभी कर ही नहीं सकता?

"

अधूरे
ही सही
प्रति जुर्म
के कयी
किरेदार
अभी
बाकि है
और वक्त के
साथ जिस्ने
ये सोच लिया
की कहानी
खतमं हो
चुकि

है

अफ्सोस

पर

अफ्सोस

अभी तो पूर

जंग ही बाकी है.......

"

संस्करण: 1

संस्करण: 1

www.ingramcontent.com/pod-product-compliance
Lightning Source LLC
Chambersburg PA
CBHW022124150726

47990CB00003B/1497